KB109321

행복과 더불어 / 온 책

행복과 더불어 온 책

발행일 2017년 8월 2일

지은이 더 불 어
펴낸이 손 형 국
펴낸곳 (주)북랩
편집인 선일영 편집 이종무, 권혁신, 이소현, 송재병, 최예은
디자인 이현수, 김민하, 이정아, 한수희 제작 박기성, 황동현, 구성우
마케팅 김회란, 박진관, 김한결
출판등록 2004. 12. 1(제2012-000051호)
주소 서울시 금천구 가산디지털 1로 168, 우림라이온스밸리 B동 B113, 114호
홈페이지 www.book.co.kr
전화번호 (02)2026-5777 팩스 (02)2026-5747

ISBN 979-11-5987-679-0 03810(종이책) 979-11-5987-680-6 05810(전자책)

행복과 더불어 / 온 책

더불어
고경남
이경원
이 영
전제휘
정선문
최유라
클라라
외 12인

행복이란 키워드로
온라인에서 만난
클라라와 18인의 발칙한
글쓰기 프로젝트

북랩 book Lab

:: 작가의 말 ::

이 책을 준비하며

크라우드펀딩 회사 크라우디(구 더불어플랫폼) 덕분에 행복은 어디서 오는가를 생각하는 기회를 가졌습니다. 크라우디에서 세상에 던진 질문은 '세상을 따뜻하게 변화시킬 수 있는 것은 무엇인가'였습니다.

이 질문을 보고 '대부분의 사람들은 세상이 그다지 따뜻하지 않다고 생각한다'는 것을 깨닫게 되었습니다. 본래 세상은 따뜻하고 행복하다고 생각했기에 조금 놀라웠습니다. 하지만 이내 세상을 바꿀 수 있다는 막연한 자신감이 생겼습니다. 세상을 따뜻하게 바꾸는 것은 '개개인의 마음가짐'이 아닐까 하는 생각이 들었습니다.

그렇게 『행복과 더불어 온 책』 공동집필 캠페인을 시작하게 되었습니다.

책을 출간하기까지 작은 어려움들이 있었습니다. 그때마다 행복으로 방향을 잡아 주신 김승욱 교수님, Leman Kalay 교수님, 부족한 글에 솜씨를 불어넣어 주신 오민석 교수님께 먼저 존경과 감사를 드립니다. 또한 간단한 프레젠테이션으로 가능성을 보고 후원해 주신 CESCO와 PAT에 감사드립니다. 그리고 바쁘신 와중에 소중한 시간과 글들로 출간에 희망을 불어넣어 주신 배우 클라라 씨께 감사드립니다. 그리고 무엇보다도 함께 글을 집필해 주신 작가님들(고경남, 이경원, 이영, 전제휘, 정선문, 클라라 씨 그리고 글을 전해 주신 익명의 작가님들)께 행복과 감사를 드리고 싶습니다. 후원해 주신 모든 후원자들께도 역시 행복을 전해 드리고 싶습니다.

2017년 7월

최유라

CONTENTS

나

Photo by 김태오

당신은 자신에 대해 얼마만큼 알고 있나요.
자신에 대해 얼마나 관심이 있나요.

내가 무엇을 좋아하는지
내가 언제 행복한지
나는 어떤 사람인지
나와 먼저 친해져 봐요.

나와 친해지고, 나를 사랑하는 방법을 배워 봐요.
그게 행복의 시작이에요.

2017년이 되었다. 그리고 내 나이는 27살이 되었다. 20대 초반은 풋풋함으로, 25살은 흔히 말하는 예쁜 나이라는 단어로 말했다. 하지만 어쩐지 26살은 너무 어색하다.
나는 아직 대학생이다. 이런 저런 핑계를 대며 재수도 했고, 휴학도 할 만큼 했다. 어느덧 친구들이 직장을 가졌지만 난 아직 대학생이다. 26살에 대학생이라니, 대학생들 속에 있으면 나를 흔히 대학을 다닌 지 오래됐다는 뜻인 '화석'이라고 부른다. 대학생의 주류에 속해 있지는 않다는 말이라 해도 틀리지 않을 것이다. 대학생이지만 대학생 같지 않다. 직장인의 나이이지만 직장인이 아니다. 졸업을 앞두었지만 이루어 놓은 것이 아무 것도 없다. 취직이 보장된 것도 아니다. 그냥 어딘가에 맴도는 무언가만 같다. 무언가 매일 했지만 뒤돌아보면 아무것도 안 했다. 나는 어디로 가는 것일까. 가고 있는 길은 제대로 된 길일까. 내가 어딘가로 가고 있긴 한 걸까.

방학.

일어나니 어제 같았으면 1교시가 끝나고 점심을 먹을 시간….

나는 30분 정도 침대에서 엄마가 말하는 '게으름'을 피운다.

그리고 일어나 아침 겸 점심을 먹으며 오늘 뭘 할까 상상해 본다.

세수만 하고 무작정 집 앞 탄천을 걷는다.

내가 사는 동네는 이렇게 예쁘지.

조금은 춥긴 하지만 코끝으로 스치는 이 바람. 향기로워.

이디야 커피에서 레몬티 한잔 마시며 여유로움을 만끽한다.

이게 내 행복.

인 생

이경원

인생은 한 송이 꽃이고 한 송이 눈과도 같다
언제 어디서 녹아
자연이 되려나
모른다

나의 인생은 24시
앞으로 얼마나 더 시간이 남았을까
당신의 인생은 몇 시인가

2017。 01。 15。

햇빛에 눈이 부신 오늘, 저절로 잠이 깬다.
시계를 확인하니 아침 9시.
세수도 하고, 이도 닦고 옷도 갈아입는다.
그리고 밖으로 나서면 겨울이어서 춥지만 향긋한 아침향이
내 코끝을 정화시킨다.

버스를 탄다.
목적지는 학교 도서관.
방학이지만 내 대기번호는 17번.
우리 모두는 밝은 미래를 향해 달려간다.
너무 멋진 사람들.

하루 계획을 짜고 공부를 시작한다.
깨달음.
즐거움.
든든함.

점심시간이 되어 친구와 나누는 학교식당에서의 수다.
비타민 같은 내 친구.
활력소가 되어주는 서로의 근황.

또다시 빠지는 밝은 미래로의 여행은 항상 설렌다.

도서관을 나가면 아침향기는 어느새 낙엽 짙은 저녁향기로….

자 유 의 향 기

이 경 원

몸이 비어 있는 듯한 가벼움
코끝을 스쳐 가는 행복과 영원할 것만 같은 이 시간들

웃음이 나온다
자꾸 웃음이 나온다
나도 이유를 알 수 없지만
왜인지 자꾸만 웃음이 나온다
나는 자유를 맡았다

BUS
LANE

들뜬 기분

이경원

오늘은 어디를 갈까
어떤 걸 보게 될까

그렇게 마음속에 자리 잡은 작은 새끼 병아리가 있다
이리 뛰고 저리 뛰고 정신없이 돌아다닌다

새로움이 있기에 신이 났다
그렇게 오늘이 시작된다

프리랜서 작가.
글도 쓰지만 중학교, 고등학교에 특강을 나가 내 직업을 소개하기도 한다. 학생들은 내가 어른이라는, 직업인이라는, 또 처음 보는 강사라는 이유로 나에게 집중해 준다. 나는 작가라는 직업에 대해, 나에 대해 소개를 한다. 그리고 시간을 준다. 학생들에게 한 가지 주제를 주고 글을 쓸 시간을 주는 것이다. 매주 다른 학생들을 만나기 때문에 주제는 항상 고정되어 있다.
'눈'
'눈'이라는 주제를 주었을 때 학생들이 하는 질문은 너무 진부하다.
"선생님, 무슨 눈이에요?"
말 대신 미소로 답해 주면 아이들이 갸우뚱거리며 쓰기 시작한다. 시간이 어느 정도 지나면 자신들의 작품을 읽어 보는 시간을 갖는다. 어느 학생은 하늘에서 내리는 눈으로, 또 어느 학생은 신체 중 일부분인 눈으로. 시를 발표하고, 소설을 또 수필을 발표하기도 한다. 다들 하기 싫다는 내숭을 떨다가도, 발표할 때는 사뭇

진지해진다. 그리고 처음부터 내 이야기를 듣는 둥 마는 둥 하던 예쁘장한 여자아이. 내 말을 이해는 한 건지, 듣고는 있는 건지 궁금도 하고 답답하기도 했는데. 그 아이의 작품을 듣고 새삼 '이 학생도 내 강연을 들었구나', '이 친구도 예비 작가구나' 하는 희망적인 느낌이 든다. 그 아이의 작품은
"나눈 예뻐"

조 용 한 　 밤

이 경 원

어두워졌네
사람들의 눈가도 어두워졌네

하루가 다 지나가고 집으로 가기 바빠
이리 저리 이동하는 사람들이 많네

오늘도 좋은 하루였네
잘 자게나, 나그네

대 한 민 국 에 서
고 3 으 로
살 아 가 기

홍삼보다 귀한 고삼.

고삼은 공부하는 기계야.

10일이라는 공휴일이 주어졌어도

나는 자율학습공부를 계획했다.

엄마는 나의 학원 특강을 잡아 주셨다.

그 결과는 아름다웠다.

나는 누구나 부러워하는 명문대학교의 신입생이 되었고

장학생이 되었고

과대표가 되었다.

그리고 길을 걸어가는데 익숙한 모습이 보였다.

온갖 과목의 문제집이 들어 있는 듯한

자신의 몸뚱이보다 큰 가방을 멘 고등학생이 지나가고 있었다.

눈빛은 탁했고

어깨는 축 처졌고

바닥을 바라보며 익숙한 듯 그 길을 걷고 있었다.

길을 걷는 듯한 학생은
명문대학교의 신입생, 장학생, 과대표가 될 수 있다.

기계 같은 저 학생이
꿈을 이룬다면
고등학교 3학년은 저 학생에게 무엇일까.

미래의 행복을 위해 저 학생의 오늘은 땅을 쳐다보며 학원으로 가서 탁한 눈으로 문제집을 바라보는 날이어야 하는 것일까.

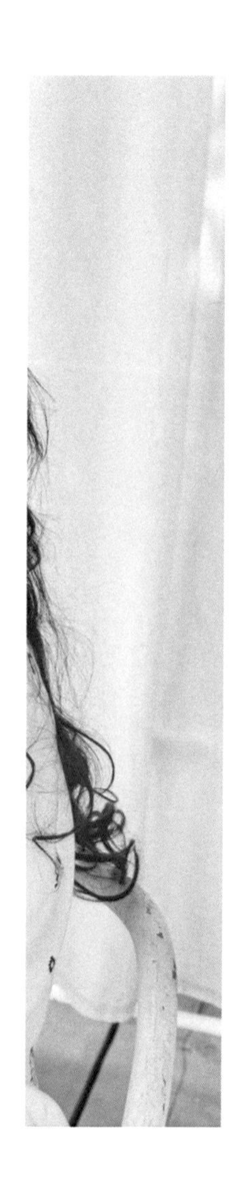

Photo by 김태오

저는 아침에 일어나면 '사랑해'라는 한마디를 속삭이곤 해요.
이 속삭임은 나에게 하는 주문이죠.
오늘 하루는 굉장히 멋있을 거라고 주문을 걸어 보는 거예요.
저만의 자기암시법.
어떤가요.

라라야, 사랑해. 오늘 하루도 멋지고 즐거울 거야.

이 력 서

거짓말 할 이유가 없습니다. 어차피 연극은 끝나기 마련이거든요. 저는 기대감을 드리고 싶지 않습니다. 저는 다만 열심히 살아오다 제 발자취를 뒤돌아보니 이 회사에 필요한 원석이 된 것입니다. 제 이력에는 이 회사의 지원이 필요하고, 이 회사 역시 부족한 부분을 메우는 데 제가 적임자입니다. 제가 제격이 아니라면 나가겠습니다. 떨어뜨리세요. 원망하지 않습니다. 결국 제가 필요할 것입니다. 저는 자신 있습니다. 거짓말을 해 봤자 저와 사장님은 앞으로 30년을 볼 것입니다. 다 들킬 바에 거짓말은 하지 않습니다. 저 있는 그대로가 이 회사의 적임자입니다.

좀 쉬어.
나는 나를 읽지 못한다. 나는 내가 아무리 힘들어도 나를 읽지 못해서 항상 주변 친구들이 '너 힘들어 보여'라는 말을 해 주곤 했다.

너를 위해 좀 살아.

나는 내 것을 챙길 줄 모른다. 남들이 해 달라는 건 선심 쓰고 다 해주며, 나의 것은 정작 챙기지 못했다.

나를 위해 사는 방법, 내가 행복할 수 있는 방법을 잘 몰랐다.
나는 그냥 그렇게 살았다. 나를 위해 살지 못했다.

자 연

이 경 원

그는 무서운 존재
우리가 어떻게 할 수 없지

인간은 두려워함에도 그를 괴롭히지
지배할 수 없음에 슬퍼하기도 하고
매혹적인 아름다움에 빠져들기도 한다

최 유 라

"유라는 어릴 적부터 참 사람을 좋아했어." 독서를 좋아하던 언니와 상반되게 나는 참 사람을 좋아했다고 엄마께서 말씀하셨지. 유치원이 끝나면 이름도 모르는 반 친구 집에 놀러가서 이름 하나 배워왔다. 초등학교가 끝나면 집 앞 놀이터에서 그네도 타다가, 흙 놀이도 하다가 시간 가는 줄 몰랐다.

지금도 그렇다. 심심하면 카카오톡 채팅 목록을 보며 누구에게 연락할까 고민한다. 고민 오래 않고 연락을 한다. 사람을 좋아하기에, 함께라는 것이 날 편안하게 하기에 외로움이 또 혼자가 무섭다. 그러다 보니 나는 내가 먼저 사람을 부른다. 찾아 나선다. 내가 그들을 찾는 경우는 많아도 그들이 나를 항상 부르는 것은 아니다. 그렇기에 나는 누군가가 날 찾으면 무리해서라도 나간다. 그렇지 않으면 다음에 부를 때 그가 망설이게 되진 않을까 싶어서다.

아무렴 어떨까. 나를 부르는 사람도, 내가 찾는 사람도 모두 사람이다. 특별한 내 사람들. 나의 사람들이라 해서 내가 그들의 사람이라는 보장은 없다. 그래. 센티멘털할 때는 참 서운하기도 하다. 하지만 이러한 시간은, 이 과정은 내가 그들의 사람이 되어가는 과정이다. 그리고 그 과정 자체가 나에게 주는 최고의 보상이자 수혜이다. 수혜 그 이상이다.

돌을 던질 거면 던지세요.
피가 나도 흉이 져도 나는 그냥 맞을게요.
나는 그 내 아픔보다
더 소중한 것을 지킬 거예요.
너희들은 모르는 내 재산과도 같은 이 비밀을,
그 뒤의 비밀을 나는 지킬 거예요.
아무것도 모르는 당신들이 돌을 던진다 한들
사실이 아닌 것에 나는 상처받지 않아요.
맞아도, 흉이 져도 나는 그냥 맞을 거예요.

아는 만큼 보이고
관심 있는 만큼 찾아본다고
미술을 배우고 나서 배운 사실들을
여러분들에게 알려줄까 해요.
우리나라의 보행 방향이
좌측통행에서 우측통행으로 바뀐 거 기억하세요?
오늘 횡단보도를 걷다 느낀 것인데
횡단보도는 두 단으로 나누어져 있고
우측으로 걸으라고 오른쪽에 화살표가 그려져 있어요.
그 이후로 저는 항상 우측통행을 하려고 해요.
별 거 아니라고요?
전 다들 무심하게 스쳐 지나가는 이 디자인을
디자이너와 소통했는데요?
미술을 배우고 나니 관심 있게 보게 되고 아는 만큼 보게 돼요.
요즘 디자인의 비밀을 나 혼자 깨닫는 게 내 행복이랍니다.

분당구 상계9동

하모니카 불고 싶다. 내 앞에 정겨운 저 하모니카. 아니 저 빌딩. 높이 솟아 새들도 못가는 저 높이 솟은 빌딩. 빌딩은 하모니카가 아니지. 그 둘은 너무나도 다르지. 그런데 그 빌딩을 보면 하모니카가 보인다. 어릴 적 디즈니 만화동산에 나오던 정겨운 악기 하모니카를 말이야. 6살, 청원유치원 장기자랑에서 불던 하모니카 말이다. 내 앞의 수많은 창문들이 있는 저 빌딩. 아니 하모니카. 분당에 온 지 13년차. 분당사람 다 되었다는 말이 부끄럽지 않다. 정자동을 지나며 보이는 저 킨스타워. 청원유치원을 다니던, 또 디즈니 만화랜드를 즐기던 내가 살던 노원구가 그리워질 때 나는 저 빌딩을 쳐다본다. 그러면 나는 하모니카를 부는 듯하다. 하모니카와 같이 금속이 가진 반짝이는 회색. 창문 하나하나 다닥다닥 붙어 있는 저 빌딩은 하모니카의 숨구멍이 다닥다닥 붙어있는 듯만 하다. 세로로 길게 놓여 있는 모습까지 영락없는 내 하모니카. 삭막함은 어느새 정겨워진다. 분당구 정자동 중심에 동심이 있다. 내 어린 시절이, 노원이 담겨져 있다.

나는 분당에서 내 어린 시절을 찾는다. 하지만 시간을 되돌릴 순 없지만, 장소는 옮길 수 있으리라. 킨스타워를 보며 상상 속에서 만든 내 하모니카를 언젠가는 노원에서 가서 느낄 수 있으리. 내 지금의 하모니카는 빌딩이지만 사실 내 진짜 하모니카는 서울시 노원구 상계9동.

내숭 떨지 마.
너 왜 통화할 때 목소리가 바뀌어?
왜 걔한테는 그렇게 대해?

다른 상황에 다르게 변하는 내 모습.
설마 내가 다중 인격을 가진 사람이라고 생각하나요?
환경이 나를 자극해서
내가 잠깐 세상을 그에 맞게 대하는 것뿐이에요.
그건 내가 가지고 있는 다양한 모습일 뿐이라는 거예요.
네모난 주사위만 해도 여섯 가지의 면이 있는데
나는 또 여러분은 얼마나 다양한 모습을 가지고 있겠어요.
남자친구 앞에서 한없이 여성스러워지는
엄마 앞에서 한없이 어리광 피우는
친구 앞에서 한없이 털털한
그 모든 모습이 나 그 자체예요.

매 순간 달라 보이는 당신의 그 모습도
진짜 당신의 일부분이에요.
어제의 나는 어렸다.
오늘은 나는 그럼 다 컸을까?
분명 어제의 내가 어려 보이니
한 뼘만치는 컸을 듯한데
내일이 되어 오늘을 바라보면
나는 한없이 어려 보일 것이다.
그러면
그러면
나는 언제 어른이 되는 거지?
언제 어른이 되는 걸까?

에라 모르겠다.
철없게 사는 거야. 매일매일이 새로운 것마냥.

내 인생이 연극이라면
그렇다면
과연 내 인생은 희극일까?
혹은 내 인생은 비극일까?
내가 짝사랑하던 그에게 나는 자랑이었을까 혹은
그 아무것도 아니었을까?
오늘의 그 일은 나에게 걸림돌일까 혹은 디딤돌일까?
이 상처는 보기 좋게 아물까 흉이 져 나를 괴롭힐까?
나는 연극 속의 주인공일까 아닐까?

행복 해석하기

아이가 엘리베이터 버튼을 못 누를 때 도와주기
길을 가다 만난 우리 옆집 아주머니께 인사하기
버스 기사님께 '안녕하세요!'라고 인사하기
5분 늦은 친구를 웃으며 반겨주기
엄마 대신 설거지 해 놓기
아빠 구두 닦아 놓기
나에게 작은 선물을 해 주기
거울을 보며 사랑한다고 말해 주기

참 나 행복하다

가 진 다 는　건

8살. 늘 갖고 싶은 것이 있었다.
인형을 가지면 인형 옷이 가지고 싶었고,
인형 옷을 가지면 또 인형집이 탐이 나곤 했다.
끊임없이 필요했다.
그리고 내 방이 인형의 나라가 된 13살,
나는 그것들이 필요하지 않게 되었다.
지금은 그것들이 어디에 있는지조차 모른다.
관심이 없어졌기 때문이다.

20살. 나에겐 화장대가 생겼고, 화장품이 필요해졌다.
새로운 화장품은 쉴 새 없이 나왔고 또 가지고 싶었다.
가지고 싶은 건 다 가져야 했고, 운이 좋아서였는지
다 가질 수 있었다.

가지면 행복할 것이라고 생각했지만 가지면 가질수록
빈털터리가 되었다.

마음이 공허했다.
나에게 필요한 것이 무엇일지 나는 아직도 찾지 못했다.

습 관

〈행복하고자 하는 습관들〉

1. 알람소리에 깬다.
2. 기지개를 켠다.
3. '오늘도 잘 될 거야, 나는 최고다!'라고 자기암시한다.
4. 침대에서 일어나 이불을 갠다.
5. 엄마와 포옹을 한다.
6. 집을 나선다.

내 앞에는 행복이 펼쳐진다.
나로 인한 행복이라는 걸 나는 확신한다.

항상 나는 내가 미웠다.
예쁘지도
자신감조차도 없었다.

그래서 나는 네가 좋았다.
예뻐 보였고
당당해 보였다.

그때 네가 예뻐 보인 이유가, 당당해 보인 이유가
있는 그대로 자신을 받아들였기 때문이라는 것을
그것을
그때 알았다면 참 좋았을 텐데.

행복의 길은 어디 있을까.
나의 오랜 궁금증이었다.
나를 행복하게 만드는 방법은 무엇일까.
오랜 시간 나는 이 답을 찾아 헤매었다.
물질적인 풍요로움이 우리에게 가져다 주는 것은 물질이지 행복은 절대 아니었다.
돈은 나에게 공허한 사치를 남겼고,
유흥은 내 정신을 지저분하게 만들었다.
그 끝에 내가 찾은 빛 한 줄기는 웃음이었다.
사소한 일에 감사하고
나와 눈이 마주친 그대에게 달콤한 웃음을 줄 때
내 마음이 따뜻해졌다.
웃을 수 있다는 건 참 축복이다.
웃음은 행복으로 가는 쉬운 축복의 길이라는 것을 깨달았다.

낙 서 하 는 습 관

펜과 종이를 언제부턴가 들고 다닌다.
그리고 적는다. 생각이 나면 적는다.
펜과 종이가 없으면 스마트폰의 메모장을 켜 놓고 적어 놓는다.
그리고 자기 전에 내가 끼적인 낙서를 감상한다.
내 생각이
내 하루가
내 가치관이 보인다.
어느 날은 나쁜 내가 보여서 꾸짖고
어느 날은 우울한 내가 보여서 안타깝다.
그렇게 나를 다듬는다. 더 내가 바라는
내가 되고자 하며 나는 펜으로 나를 가꾼다.

더 아름다워지기 위해.

피 아 노

이 경 원

손가락이 요정들과 춤을 추면
나는 홍얼거리며
그대를 바라보네

검은색과 하얀색이
나의 마음을 두드리네
똑똑

또 다른 나

“해는 직접 눈을 통해 보면 눈이 화상을 입을 수 있어요. 그래서 이 망원경으로 봐야 해요. 대신 이 망원경은 해를 더 자세히 보게 해 주죠. 오늘은 해에 흑점이 선명하게 보이네요.” 망원경을 통해 보이는 밝게 빛나는 해 위로 점점이 자리 잡은 흑점. 하나가 아니다. 여기 저기 여러 개의 흑점들. 불현 듯 고개를 돌렸을 때 나 혼자만이 해를 바라보고 있는 것이 아니었다. 나보다 더 오랫동안 해를 바라봤던 듯 서 있는 해바라기가 눈에 들어온다. 부모님에게 더 이상 의지하지 않고 혼자 잠에서 깨어나는 아이가 밝은 햇살 아래서 기지개를 하듯 상쾌하게. 그러나 정말 오랫동안 해를 바라보았다는 듯이 안정적이고, 익숙하게 서 있는 그 자태.

왠지 모르게 그 해바라기를 보면 해가 보인다. 그리고 언제부턴가 해를 보아도 해가 보인다. 그 둘은 닮았다. 시원하게 기지개를 켜는 두 테두리. 눈이 부시게 높은 채도 그리고 밝은 빛깔. 그리고 어머나! 흑점까지 닮아 있다. 누가 먼저 서로를 닮은 건지도 모르겠다. 그러나 해바라기에 있는 검은 점들의 모임은 띄엄띄엄 있는 태양의 흑점과 다르다. 촘촘히 가득 존재한다. 새로운 생명을, 또 다른 해를 만들겠다는 굳은 의지. 태양은 영원히 그 자리에 있겠지만 해바라기는 서서히 제 목을 떨구겠지. 그래, 그러면 그 검은 점들은 땅에 떨어지겠지. 하지만 떨어져 그곳에 자리 잡을 것임을 믿어 의심치 않는다. 그가 떨어지는 그 자리는 양지바른 보금자리일 것이다. 또 해를 바라보며 동경하겠지. 해 역시 땅 위의 또 다른 자신을 반겨 주겠지.

해는 영원할 것이다. 그리고 시들게 될 그 해바라기 역시 영원할 것이다. 하늘에 영원히 하나로 떠 있을 해의 흑점은 많다. 그러나 흑점, 즉 해바라기 씨를 품고 있는 해바라기는 흑점이 더더욱 많다. 그가 못다 한 영원이라는 꿈을 향해 달려가면, 그 모습이 또 다른 자신이라는 유언을 남긴 것마냥. 해바라기 역시 영원하다는 것이다.

지상낙원이란 멀리 있는 것이 아니다

이곳의 밤은 밝다. 별 하나가 환히, 별 하나가 비춰 준다. 바람 역시 분위기에 한몫 하겠다고 솔솔 불어온다. 바람은 소리를 내지 않지만 시륵시륵 소리가 들린다. 바람이 스쳐간 갈대들은 시륵시륵 서로를 간지럽힌다. 눈을 감고 그 바람을 느낀다. 그리고 그 소리에 잠긴다. 지상낙원이란 멀리 있는 것이 아니라는 걸 느낀다. 내 눈도 스르륵 감긴다. 회상에 잠긴다. 지상낙원이란 내 마음속에 있는 것일까.

바빴던 지난해가 기억난다. 나는 이기적이었다. 나는 모순되었다. 나는 거짓말쟁이였고, 또 도둑이었다. 위법을 하진 않았지만, 편법이 난무했다. 벌을 받지 않은 범법자였다. 내 마음이 맑아짐을 느낀다. 그리곤 겁도 살포시 난다. 다시 돌아가 상처 주는 사람이 될까 봐. 내 상처 난 것들을 치유하지 않은 채 남을 흠집낼 나를 만날까 봐 두렵다. 이렇게 저렇게 머리를 어지럽히면 바람이 내 머리를 정화시켜 주고, 갈대가 내 마음을 보다듬어 준다. 그리고 눈을 떠 본다. 별이 하나 둘 작별인사 중이다. 스르륵 갈대들이 별을 빗자루마냥 쓸고 있다. 그리고 우리는 새벽을 맞고 있다. 별을 보낸 갈대머리는 조금씩 세었다. 서서히 세어 내가 눈치를 못 챘나 보다.

저녁이 밤을, 밤이 새벽을 그리고 새벽이 아침을. 아침이 되니 바람도 사라지고, 별도 사라졌다. 갈대만이 남았다. 별들의 이야기를 머금은 갈대머리는 어젯밤 나의 감정을, 또 나의 생각을 잊지 말라고 말한다. 다시 돌아갔을 때는 상처 주는 사람이 되지 말라고 한다.

혼자 끌고 가는 사랑에 대하여

사랑이 무엇이냐 누가 나에게 묻는다면
나는 무어라 대답해야 할까.

'두 사람이 같은 감정을 주고받으며 더 큰 감정을 낳는 것'이
가장 가까운 답이 아닐까 생각한다.
근데 왜 나는 여태껏 너라는 사람이 나에게 주는 것이 나와 같은
감정이라 믿었던 것일까. 왜 그것이 사랑이라고 믿었던 것일까.
나를 갉아가며 너에게 쏟아 부은 내 정성은 내 감정은
행복하고자 했던 나의 얄팍한 집착이 아니었을까 하며
한 번 반성해 본다.

이제 사랑을 하고 싶다.

신 중 함

이 나이 먹도록 뭐했냐?
웃어넘긴다.
가끔은 내가 나 스스로에게 하는 질문이다.
난 이 나이 먹도록 사랑 한 번 못해 보고….
우리 엄마께서 지금 내 나이 때 결혼하셔서 그런지
아직 단 한 번도 여자친구를 만나지 못한 나를 걱정하신다.

하지만 나는 나의 사랑에 대해 떳떳하고 확신이 선다.
'사랑한다'는 단어는 나에게는 너무도 대단하고 어려운 단어이다.
너무 대단해서 쉽게 뱉어 버리면 허망해질 것만 같다.
아껴두고 싶다.
아무나 만나 나의 사랑의 가치를 떨어뜨리고 싶지 않다.
정말 사랑하는 그대를 만나 사랑이라는 가치를,
행복을 깃들이고 싶다.
사랑에 신중하고자 한다.
첫사랑만큼은 더더욱.

나는 파티 플래너다. 내 스케줄러에는 내 지인들의 기념일이 적혀 있다. 그날이 다가오면 연락한다. 너의 생일파티는 내가 기획하겠다고. 너는 몸만 오면 된다고. 그리고 계절이 지나 조금 두렵다. 내 생일이 다가오고 있기 때문이다. 과연 나는 내 날에 축하를 받을 수 있을까. 나는 그날 누구와 보내게 될까. 내 SNS는 축복의 장일까. 나는 왜 이런 남의 시선에 신경 쓰고 있을까. 나는 나를 위한, 내가 주인공인 삶에 살긴 했을까. 나를 진정으로 위해 주는 누군가는 존재하는 것일까. 정작 나의 생일이 다가오는 이 시점, 조금씩 나는 숨는다. 조용해진다.

나는 이제 매일 아침 일어나면 전에는 안 하던 화장부터 하기 시작해. 화장하지 말라던 너에 대한 작은 반항이랄까. 뭐, 조금 못나 보이는 얼굴, 분칠하고 덧칠하면 내 안의 허전함도 가려지는 것 같아. 이렇게 시간이 지나면 그리움에 젖어 갔던 마음도 마르고 다시 단단해지겠지. 아직은 길 가다 작은 고양이만 봐도 네 생각이지만. 어느 순간 그 모든 것들에 다른 추억들이 자리 잡고 있겠지. 한편으론 싫지만, 한편으론 고마운 내 사랑. 안녕.

흘러가는 것들에 대하여

李霙 이영

어느 날 문득, 힘겹게 다져온 마음이 무너져 내렸다.

지나가는 차를 보며 죽음을 떠올렸고, 고층 빌딩 창가를 내려다 보며 죽음을 떠올렸고, 심지어는 지나가는 사람들의 얼굴 사이에서도 죽음을 기다렸다. 아무도 믿어 주지 않는다는 절망, 아니 '아무도'가 아니라 '바로 그 사람'이 포기해 버린 나라는 사람에 대한 스스로의 불신. 그것이 내가, 지극히 일상적인 내 주위에서 사자(死者)를 찾은 이유였다.

죽을 용기도 없는 평범한 나다. 그래서 난, 차도에 뛰어들 수도 있을 것 같았던 그 용기를 나의 현재와 대면하는 데 쓰기로 했다. 그게 죽는 것보단 쉬워 보였으니까. 회사 입사 시험 이후로 다신 볼 일 없을 것 같았던 심리 검사지를 마주하고 '후-' 심호흡을 했다. 일주일이 지난 후 A4 용지 두 장에 빼곡하게 적힌 '나'를 마주했다. 글자 하나하나를 뇌리에 새기듯 읽은 뒤, 나는 서럽게 엉엉 울었다. 아팠다. 그리고 내가 아프다고, 그 종이 위에 간단히 적혀 있었다.

"존재하지 않는 나를 만나세요." 종교인이자 베스트셀러 작가이신 유명인이 TV 강연에 나와서 이런 말을 했다. 침묵 속에서만 느낄 수 있는, 만져지거나 보이지 않지만 분명 알 수 있는 진짜 나를 만나는 일. 내가 고독과 고요 속에서 600여 개의 질문에 답을 적으면서 만난 것이, 누군가가 바라보는 나라는 사람 뒤에 존재하는 진짜 나라는 것을 깨달았다. 고통. 그것은 간단하지만 잔혹한 이 단어로 정의됐다. 아무렇지 않다고, 괜찮다고 자위하고 외로워 보이지 않는다고, 씩씩하다고 평가 받아온 나는, 가짜였다.

서러운 울음이 멈추고 나니, 의외로 마음이 가벼워졌다. 그 순간에도, 그리고 지금도 아픈 나를 아프지 않게 하는 방법을 모른다. 무너진 마음으로 인해 비뚤게 표현되는 자잘한 잘못들을 바로잡을 뾰족한 수도 없다. 변하고 싶다는 막연한 소망을 실천할 수 있는 구체적인 대안도 없다. 하지만 적어도 죽음을 생각하지 않을 수 있는 건, 아이러니하게도 스스로가 아프다는 걸 알게 되었기 때문이다. 시작이 반이라는 닳디닳은 명언이 정확하게 들어맞는 순간이었다.

그날 이후, 특별히 달라진 것은 없다. 너무나 비슷해서 진짜를 잘 감추고 다시 깨진 마음을 티 나지 않게 붙여 보려 안간힘을 쓰는 건 아닌지 의심스러울 때도 있다. 하지만 이제는 안다. '부서지지 않았다고 믿으면 더 이상 부서지지 않을 거라고 믿은'[1] 것 자체가 심장을 누더기로 만든다는 것을.

행복의 시작이라는 건 정말 별것 아니다. 벌어진 상처들을 인정하는 것, 곳곳의 흉터들을 외면하지 않는 것, 괜찮은 척해도 그건 결국 연기라는 걸 받아들이는 것. 방향도 방법도 잘 모르지만 일단 출발선에서 발은 떼었다.

행복해지자. 간단히 말할 수 있는 이게 참, 시작부터 고역이었다. 그래도 행복해지자, 포기하지 말고.

---

1 소설가 한강의 저서『흰』에서 인용함

1월 1일

기억이 잘 안 난다. 인간은 망각의 동물이라는 구절을 증명하듯 말이다. 힘들었던 1년이었는데… 어제는 붙잡고자 했지만, 오늘 나에게 2016년은 찬란하게 빛났던 나의 20대만 같다. 온갖 구설수에 올랐고 많은 사람들이 나를 떠났고, 나도 나를 못 믿겠다고 생각을 했던 것은 맞는데 도대체 왜인지 기억도 안 난다. 뿌옇게 흐려진 나의 지난날이 그냥 빛난다. 어쩌면 가까이서 보느라 잘 안 보이던 작은 선들이 뒤로 가서 보니 모양을 이루고 있었는지도 모른다. 올해도 힘들 것이다. 난 또 실패하고 좌절할 것이다. 그러나 사실은 그 선이 진짜 아름다운 그림을 이루고 있지 않을까 하는 마음에 다시 또 살게 된다.

너

푸른 강이 없어도 강은 흐르고
밤하늘이 없어도 별은 뜨듯이
내 마음 바다에도 그녀가 항상 헤엄친다

서천동 모퉁이 한 학교
우연히 만난 여자아이
그 아이는 이제 꽃봉오리가 되었다

오랜 시간을 기다려 힘차게 우는 매미처럼 그녀도
오랜 시간 숨겨온 꽃을 당당하게 피울 준비를 하고 있다 행복을 과연 글로 표현하는 것이 가능할까 생각해 본다.
누구나 경험하는 바가 다르기 때문에 어떤 단어가 그를 행복하게 할지는 항상 달라진다. 행복이 너무 상대적이어서 이를 적용하는 것은 개개인에 따라 달라진다.
표현하는 것은 힘들지만 이상하게도 행복을 전하는 것은 너무도 쉽다.
내 앞의 그에게 웃으면 그 사람도 웃는다.
내가 그에게 "오늘 하루 잘 보내"라고 말하면 그 사람 역시 "너도"라고 답한다.
내가 그에게 사랑한다고 말하면 그의 사랑스러운 미소가 나에게 행복을 가져다 준다.

비 눗 방 울 말

갯벌나라에는 갑옷같이 튼튼한 집이 있다. 그 단단한 집안에는 꼬마가 산다. 꼬마는 아주 큰 비눗물 바가지를 가지고 있나 보다. 꼬마는 빼꼼 빼꼼 밖을 쳐다보는 듯 비눗방울을 밖으로 하나씩 보내 준다. 이 집은 앞으로 걷지 않는다. 옆으로 걷는다. '살살 살살' 그러나 '빠르게 빠르게' 좌우로 움직인다.

꼬마는 집의 전부이지만, 그렇다고 집이 꼬마이지는 않은 듯하다. 꼬마는 그렇게 단단하지 않기 때문이다. 튼튼하지도 않다. 오히려 굉장히 부드럽고 순하다. 그런 꼬마가 보내는, 그리고 집 속에서 나오는 비눗방울은 오묘하다. 단단한 원의 모양을 하고 있지만 어딘가에 닿으면, 또 방울이 너무 커지면 순식간에 터져 버린다. 단단하지만 무른 비눗방울. 이는 너무도 다른 집과 소년을 동시에 닮았다.

튼튼한 집은 또 그 안의 소년은 양옆으로밖에 움직이지 못하는 운명을 가지고 있지만, 어디든 갈 수 있다. 그 어디든 가며 모순적인 그러나 너무나도 어울리는 비눗방울을 세상에 내뿜는다. 소리 없는 말로 잔잔하게 외친다. 너를 둘러싼 그것들 중 너와 대립하는 그것이 바로 너와 가장 어울리는 무엇이라고.

당신 옆에

전제휘

왜 굳이 멀리 보나
뭐 굳이 멀리 가야 되나

앞을 볼 수 있음에
행복하고
누군가에게 달려갈 수 있음에
행복하고

애인의 목소리를 들을 수 있음에
행복하다
웃을 수 있는 시간이 있음을
감사하고

술 한 잔 같이 마셔 줄 친구에게
감사하고
커피 한 잔의 여유에

감사하자

행복은 멀지 않은 곳에 있다

당신 옆에 있다

일

이경원

하기 싫은 건 일이라고 하지
하고 싶은 건 취미라고 해

너 왜 그래

선 택

신중하게 선택하세요.
그 선택은 사실 책임이라는 별책부록을 가지고 있답니다.
당신이 선택한 그 대상은 당신의 것이지만
당신이 마음대로 해서는 안 돼요.
존중해야 하고,
지켜내야 해요.
선택권이 주어진 건 큰 행운이자 큰 책임을 요구한다는 걸
잊지 마세요.

나는 원망할 자격이 없다. 엄마는 나를 낳아 주었다는 이유만으로 나에게 책임감을 행사한다. 나를 다그칠 때도, 학원에 보낼 때도, 종아리를 때릴 때도 미웠지만 원망스럽지 않았다. 그럴 수 없었다. 엄마의 목적은 내가 바르게 크길 바라는 것이었다. 내가 딸이라는 이유만으로 그 수고를 하셨다. 그래서 나는 우리 집에 빚이 생겨도, 이사를 가도, 상처를 받아도 원망할 수가 없었다. 방법이 잘못되었던 적은 있었다. 그래도 나는 알았다. 다 나를 위해서였다는 것을. 그래서 나는 엄마를 원망할 자격이 없다. 어찌 원망할까.

얼굴 없는 천사

이경원

너는 누구냐
텅 빈 공간에 우두커니 서 있는 너는 누구냐

모두들 자신만의 아름다운 그녀를 떠올리며 바라본다
화려한 날갯짓을 하며 날아 오르려는 그녀는
여신이다

행 복 의 순 서

누가 먼저냐고 묻기도 진부한 닭과 계란의 사이. 난해하고도 난감한 질문. 그러나 생각하게 만든다. 호기심에. 그렇다면 다시 묻겠다. 오리가 먼저인가 숫자 '2'가 먼저인가. 우리 함께 너무 논리적이지 말아 보자.

우아한 자태로 물 위에 앉아 잔잔한 물결을 만든다. 그 고운 파장에 누가 편안하지 않으려나. 한 번 가볍게 그러나 힘차게 내친 날갯짓은 너를 지켜보던 또 너를 사랑하는 오리를 누구도 모르게 움직인다. 홀려서 따라 움직인 것뿐이다. 날지 못하는 날갯짓이 절대 통탄을 부르지 않는다. 그저 하늘 멀리가 아닌 우리의 시야에 있어 감사할 뿐이다. 한 마리의 오리가 두 마리가 되어 우리의 시야는 더더욱 행복으로 풍성하다. 그런 오리의 자태는 가장 사랑스러운 숫자에 자리 잡았다. 그 아름다운 자태 '2'. 함께 있어 더 아름다운 숫자 '2'.

사실 숫자 '2'가 오리를 흉내 내었는지, 오리가 숫자 '2'를 흉내 내

었는지 알 도리가 없다. 알 필요도 사실은 없다. 오리는 숫자 '2'를 말하고 있다. 그리고 숫자 '2'는 오리를 말하고 있다. 누가 누구를 흉내 내었겠냐고? 우리 너무 계산은 말자. 현재의 아름다움에 집중하자. 과거의 시작이 누구였든 그게 행복에 손을 댈 것인가. 무슨 소용이란 말인가. 너무 논리적이지 말아 보자.

얼룩진 꽃

나 때문에 네 생활 역시 얼룩졌겠지. 나만큼은 아니어도.
그래 넌 언제나 결혼을 하면 딸을 가지고 싶다고 했지.
손잡고 나들이를 가겠다던 그때의 너의 모습은 꽤 멋있었지.
그래 넌 괜찮은 아이였어. 그리고 괜찮은 아이야.
그냥 그날은 술 때문이었어. 너 때문이라기보단 술 마신 너 때문.
한때는 어마무시한 생각을 했었어.
네가 그토록 바라던 딸을 바라보며
그 아이를 바라보며
두려움에 떨라고.
너 같은 남자가 세상에 너무 많아 딸아이를
문 밖에 내놓지도 못할 만큼 두렵길.
너를 많이 원망했어. 증오했어.
그런데 시간이었어. 시간이 지나니까 그냥 무뎌지더라.
너도 너의 인생이 있기에.
너는 괜찮은 아이니까. 넌 그날 술이라는 실수를 한 거야.
용서하고 싶어.

너는 괜찮은 아이니까 다시는 이런 일이 안 일어날 거야.
이따금씩 나는 힘들겠지만 그렇지만 나의 얼룩은 그렇게 지워지
겠지.

마법의 성

이경원

마치 도깨비가 나올 것만 같아
단풍국에 있는 너에게

나도 가고 싶다고
너에게 말하고

너와 함께 가고 싶다고
나에게 말해줘

언젠가 함께 갈 수 있는 날이 올까

여러분들은 '내 사람들'에 대해 얼마만큼 알고 있나요.
그들에게 얼마나 관심이 있나요.

그들이 무엇을 좋아하는지
그들이 언제 행복한지
그들은 어떤 사람인지
그들에게 한 발짝 다가가는 거예요.

내 사람들과 친해지고, 사랑을 나누는 방법을 배워 봐요.
이 과정은 더 큰 행복을 가져다 주어요.

여러분 사랑해요.
오늘 하루도 멋지고 즐거울 거예요.

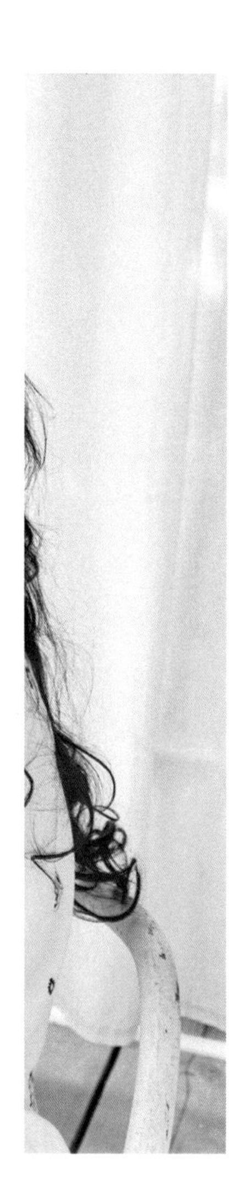

Photo by 김태오

저를 이용해도 괜찮아요.
제가 좋아하는 사람이 저를 이용한다 해도
제가 필요해서 저를 찾는 거잖아요.
고마운 거예요.
그 사람도 언젠가는 이유 없이 나를 찾아줄 거예요.
나를 이용해요.
한 번이고 두 번이고 그리고 수십 번도 괜찮아요.
나는 준비가 되어 있어요.

당신의 친구가 될.

내가 만약 딸을 혹은 아들을 낳게 된다면
그 이름은 비워두고 싶어요.
네가 네 이름을 지어
네 세상을 만들고
너의 인생을 직접 만들어 나갈 수 있게 해 주고 싶어요.
나는 그냥 너를 응원해 주는 응원단
너를 지원해 주는 지지대
나는 그 정도만 하고 싶어요.
온전한 너의 삶을 만들어 주고 싶어요.

리 더 들 에 게

자신의 아름다움을 간직해라
다른 사람과는 다름을 연구해라
세상을 바꾸기 전에 나의 신념을 바꿔라

그리고 더 나아가다가
지친 그대들이 보이면
눈송이처럼 떨어지는 눈물을 닦아 주는
바람이 되어라

항상 깨달음을 주는 내 친구 황아. 나는 흔히 말하는 공부하는 집안에서 태어났어. 부모님 모두 고학벌이시지. 언니도 내로라하는 명문대를 나왔고 그게 맞다고 믿어왔기에 나 역시 그 길을 걷고 있어. 항상 하고 싶은 것을 하고, 놀고 싶은 대로 노는 네가 가끔은 이해가 안 됐었어. 부럽지만 그 감정 삼킬 때도 있었어. 너는 전문대로 진학했고 나는 너를 아끼기에 안타까운 마음이 들었어. 그다음 해 나는 보란 듯이 명문대에 입학했지. 그리고 그다음 해 너는 취직을 했어. 14살 네가 생활기록부에 장래희망으로 적은 '유치원 교사'가 되어 있더라. 그리고 5년 동안 넌 한 번도 유치원에 지각을 한 적이 없다 했고, 그 순간 나는 놀랐지. 그리고 약속 시간을 항상 안 지키던 네가 '나 남자친구와 헤어졌어'라는 내 한마디에 감기 걸린 몸을 이끌고 내가 있는 곳으로 택시를 타고 왔네. 그래, 헛똑똑이가 여기 있었던 거야. 난 이 세상은 가진 자가, 고학벌자가 우위라고 생각하고 있었나 봐. 근데 따뜻한 마음을, 성실함을 가진 네 모습을 보니 한없이 헛똑똑이인 나를 보게 되었어. 황, 너는 내가 세상을 바라보는 눈을 건

강하게 바꾸어 준 소중한 사람이야. 내가 엇나갈 때는 인생 선배로, 내가 힘들 때는 기댈 수 있는 죽마고우로 나의 인생을 빛어 주었어. 나는 너를 배워가고 그런 너에게 갚아야 할 부분이 많은 것 같다.

녹 차

이 경 원

씁쓸하고 쌉쌀한
맛을 아느냐

잎사귀에 담긴
자연의
맛을 아느냐

팔랑거리는 바람과
따스한 햇살이 만든
그 놈을 아느냐

나는 너를 만나고 사람 사이의 관계와 깊이는
함께한 시간에 비례하지 않음을 배웠다.
나와 참 닮은 너를 만났고
나에게 과분한 호감을 가져 주는 너를 알게 되었고
그런 너에게 한없이 큰 답례를 보낸다.
우리는 특별하다.
남녀사이에 사랑이 없이도 관계가 존재함을 배웠고
각별함을 배웠고
소중함을 배웠다.
나는 풍파가 닥쳐도 이 사이를 놓지 않을 것이다.
소원해지는 작은 시련도 내가 다 책임질 것이다.
사람 사이의 관계는 노력으로 빚어짐을 명심하고
평생 너라는 사람을 내 사람으로 여길 것이다.

내 친구 자현이는 예쁘다. 자신이 모를 리가 없는 미모이다. 그 친구는 항상 거울을 들고 다닌다. 30분에 한 번씩 예쁜지 안 예쁜지 확인하는 걸까. 매번 거울을 보고 예쁜 보조개를 볼에 쏙 들어가게 넣어 본다. 예쁘면 질투를 한다는 말이 무색해질 정도로 예쁘다. 너무 예뻐서 질투도 안 한다. 그냥 보면 기분이 좋아진다. 그런데 예쁜 것만 보면 예뻐진다는 말 또한 무색해질 정도로 그 친구와 이야기하다 거울 속 내 얼굴을 보면 어디서 본 적도 없는 괴물 같은 여자아이가 비춰지고 있다. 이런 이야기를 자현이에게 하면 착한 친구는 "야, 너도 예뻐"라고 말한다. 못된 말을 하면 미워하기라도 할 텐데. 예쁘다. 동경과 친근함 사이를 왔다 갔다 하는 자현이. 이기적일 정도로 다 가졌다. 차라리 성격이라도 나빠 봐. 오늘도 너를 만나고 집에 오는 길, 거울 속 내 얼굴을 보고 피식 웃는다. 새삼 예쁜 것을 보고 오니까 내게 조금 예쁨이 붙은 것 같기도 하고?

한 폭의 그림

이경원

이곳엔 네모난 물건이 있어
사람들이 놓아 둔 그림이지

볼 순 있지만
만질 순 없을 거야
아름다움이란 그런 거니까

할 아 버 지

후회가 돼요. 오늘은 선생님이 혼냈다고 어리광 피우고 싶고
우리 아빠가 용돈 안 준다고 용돈 달라고 징징대다가
꿀밤 한 대 맞고 싶고
그냥 이유 없이 애교도 부리고 싶은데
'매일 유영이는 미워' 하며 내 볼기짝을 장난스럽게 때리던
우리 할아버지.
나는 아직도, 딱 오 년이 되는
오늘도 할아버지를 보내지 못했나 봐요.
아직도 할아버지의 방에 들어가면
책장 속의 책에서
그 옆의 펜에서
또 내가 붙잡고 있는 이 손잡이에서
할아버지가 느껴져요.
후회라는 게 이런 건가 봐요.
난 아직 할아버지를 잊지 못했고,
계속 잊고 싶지가 않아요.

후회하고 있고, 후회되고 계속 아프지만
계속 아플래요.
계속 후회하고 싶어요.

이 상 형

키는 나보다 두 뼘 정도 크고
피부는 맑아 혈색이 보기 좋으며 시원시원하게 얼굴은 크겠지?
배경이 좋아 열등감이 없고,
상처가 없어 남을 헐뜯지 않는다.
배려를 알아 내 기념일을 챙겨주고,
자신의 분야에 전문성을 가진 열정 있는 남자.
마음이 넓어 포용할 줄 알고 명예가 있어 더 커 보인다.
이성과 감성을 조절할 줄 알아 술을 마셔도 취기 없이 그대로다.
나를 언제나 자랑스러워하며 훈장마냥 자랑하는 팔불출.
늘 매사에 감사하고, 어떤 일에도 좌절하지 않으며
이를 디딤돌 삼는다.
건전한 취미가 있고
공과 사를 구분할 줄 아는
그리고
취미가 건전하며
그 취미를 가족과 나눌 줄 아는

바람기 없는 가정적인 남자.
시간의 소중함을 알아 시간을 허비하지 않는
능력 있는 그런 남자.
허영심 없이 만족할 줄 알고 분수를 아는 그릇이 큰 그대.
내가 곧 만날 그대.

진 열 대

이 경 원

그림자의 멋짐이
눈에 들어온다

이것은 빛과 어둠의 전쟁 같은 사랑이다

한 라 산

이 경 원

높은 곳을 올라가면
모든 것이 보인다
저 멀리 안 보이던 것이
보인다

너의 마음도 보이길
저 멀리 바라고 있다

당신의 가치를 알아보는 사람을 사귀어요.
당신을 휘감고 있는 휘황찬란한 그 옷들에
당신을 둘러싼 배경에 눈이 멀어
자신의 옷으로
자신의 배경으로
당신을 홀리고자 하는 그런 사람은
당신의 가치를 아는 사람이 아니에요.
네가 꽃집을 지나며 수국을 쳐다보면
한 움큼이라도 사 주는
네가 베트남 쌀국수를 좋아한다 하면
한 달 내내 베트남 음식점에 데려가는
당신의 진짜 모습을 알려고 노력하는 그 사람이
당신의 가치를 알게 되지 않을까요.
당신의 진짜를 사랑하는
그런 사람을 구분하는 능력을 키우는 게 우리의 숙제예요.
당신의 가치를 알아보는 그 사람을 사귀어요.
그 사람이 당신의 가치를 더 높여줄 거거든요.

행 복

이 경 원

조금씩 나아가는 길에 있기를
간단하면서 지배할 수 없기에
가장 가치 있는 것

어디에도 없음에도
존재함에 가치를 두는 것
그것이 행복이다

너 에 게

오늘 글쓰기 수업은 도서관에서 진행됐다. 자유롭게 책을 읽으래. 도서관이랑은 친하지 않아서 그런지 한편에 놓아진 컴퓨터에 앉았어. 인터넷을 켜고 '마음이 편안해지는 도서'를 검색하니까 이 책으로 인도해 주더라. 많은 사람들이 혼란스러울 때 이 책으로 위로를 받았으니 나에게도 적용이 되겠지? 내 혼란도 사실은 다른 많은 사람들과 다를 것 없는 작은 감정일 뿐일 테니까.

글쎄, 셀 수 없던 너와의 이별. 이번이 가히 10번째 이별이라 하니 주위 사람들이 웃더라. 이제는 더 이상 헤어졌다고 말하지도 말래. 그런데 나는 알아. 이대로 흘려보낸다면 결국 이게 마지막이라는 것을. 늘 너와 헤어질 때면 그 순간 헤어질 수 있을 것 같고, 잘 해낼 수 있을 것 같다가도, 집에만 오면 베개를 부둥켜안고 울고, 다시 네가 있는 곳으로 향하고 그랬지. 그런데 이번 이별만큼은 달랐어. 이별 그 순간 너를 붙잡고 계속 매달렸지. 가지 말라고, 가지 말라고. 급기야 도망치는 너를 따라잡지도 못할 걸 알면서 따라갔고. 그렇게 널 놓치고 집에 돌아오니 이제는 견

될 수 있을 것 같더라고. 내가 해 볼 만큼 다 해 본 것 같더라고.
그리고 알겠더라고 이번이 마지막이라고.

헤어지면 멀어진다는 그런 말은 거짓말입니다.
녹음이 짙어가듯 그리운 그대여,
주고 가신 화병에는 장미 두 송이가
무서운 빛깔로 타고 있습니다.[2]

---

2 피천득, 『인연』

유 리 인 간

이 경 원

그대들의 목소리는
마음을 보여 줍니다

눈앞에 보인다고
무엇인지 안다고 해서
자신의 것이 아님을 알아야 합니다

아 버 지

얼마 전에 아버지께서 나를 기숙사까지 데려다 주셨다. 그때 나는 문득 아버지께 여쭤 보았다. 아버지의 인생 중 가장 후회되는 것이 무엇인지. 아버지는 대학교 시절이 후회된다고 말씀하셨다. 자신은 대학교생활을 알차게 보낸 것 같지가 않다고. 졸업한 이후에도 취업하기만 급급했을 뿐 대학원을 갈 생각을 할 수 없었다고 말씀해 주셨다. 물론 가지 못한 건 가정환경과도 연관이 있었다며 나에게 좋은 가정환경을 제공해 주겠으니 내 꿈을 펼쳐 보라고 말씀해 주셨다.

'나에게 영향을 미치는 사람'이라는 주제를 받았을 때 참 많은 인물들이 떠올랐다. 그들은 모두 내가 본받아야 할 부분을 갖고 있는 훌륭한 사람들이었으나 그 중에서 가장 나의 롤모델인 사람을 찾기 위해 생각을 거듭해 보니 나와는 너무나도 가까운 아버지가 머릿속에 남게 되었다. 나에게 아버지가 마지막까지 머릿속에 남은 이유는 단지 나를 낳아 주신 분이기 때문이 아니다. 아버지는 늘 내가 가야 할 길에 든든한 지원자이셨고 선생님이셨기 때문이다.

어찌 보면 나의 꿈마저 아버지의 영향을 많이 받았다. 내가 대학원에 가기로 한 것도 아버지의 못다 한 꿈을 이뤄드리고 싶은 마음이 컸다. 또한 아버지가 사업을 시작할 즈음에 들어왔던 교수직 제안을 거절했다는 이야기를 해 주신 이후로 내 꿈 역시 어느 순간부터 교수가 되었다.

나는 어려서부터 아버지를 보고 많이 배우며 자랐다. 아버지는 나에게 수많은 경험들을 할 수 있게 기회를 주셨다. 아버지는 나의 가까이에서 나에게 영향을 크게 미치신 분이다.

너는 연락도 안 되고….
연락도 안 오고….
그냥 원래 없던 사람처럼 지내기에는 내가 너무 네 생각을 많이 한 터라.

뭔가 확실해지고 연락하는 것조차 안 되기 전에 편지를 쓰기로 마음먹었어.
걱정돼서 검색창에 '여의도 시위' 막 이런 것도 쳐 봤는데 아무래도 나와 연락이 안 닿는 건 그냥 꽤 극단적인 상황일 거라 생각해서… 그게 확신이 서면 내가 너한테 더 이상 연락할 이유도 없고, 너는 나에게 연락을 안 할 거잖아….
그래서 문득 편지가 쓰고 싶어졌어. 마지막 통화 때에 우리가 잠시 편지에 대해 얘기를 했는데 학교 선배한테도 썼던 편지 왜 너한테는 못쓰겠나 싶더라고.

솔직히 이 상황이 너무 불공평한 거 같아. 나는 9시 반이 되면 하던 작업을 뒤로하고 하염없이 전화만 기다리고. 답답한 마음에 말도 못 해. 070 그 번호로 전화하면 착신이 불가하다는 너무 당연한 메시지가 나오고. 참 내가 뭐하고 있나 싶어. 그래서 한여름 밤의 꿈이었나 생각할 즈음에 너는 해맑게 다시 연락을 하고. 이게 할 게 못되는구나 싶어. 이건 비단 나만 겪은 건 아니겠다 싶어서 더는 얘기도 못하겠다. 잘 지내고 있니? 괴롭히는 사람은 없고? 아무것도 확신이 안 서니까 하고 싶은 말은 많은데 조심스러워진다. 의경 생활 열심히 하고 주어진 시간 현명하게 쓰길 바랄게. 혹시 내가 예상하는 대로 너에게 좋은 소식이 생긴 거니? 그래도 잠시나마 널 생각했었던 사람에 대한 예의는 지킴이 어떨까 제안해 볼게. 파이팅.

꽃 한 송이

이경원

내가 성인이 되던 날
네가 성인이 되던 날

나는 너에게 꽃 한 송이를 주었지
설레는 마음으로
아무 말 없이 건네주었지

의미를 모르는 것처럼
무심한 듯 표정을 지어 보였지

꽃 한 송이를 받은 너는
미소를 지었고
해맑게 웃음을 지었지

부끄러운 나는 널 보지 못했고
너의 행복한 모습을 보지 못한

나는
후회를 하며 꽃 한 송이를
바라보고 있다

"~보고 싶어, ~듣고 싶어, ~하고 싶어, …." '싶어'라는 말이 우리 짧은 시간동안 내가 제일 많이 한 말이 아닐까 싶어.
너랑 하고 싶은 게 정말 많았어. 방학 때 토익 공부를 같이 하고 싶었고, 너희 캠퍼스를 같이 걷고 싶었고, '연애 중'이라는 게시글을 올리고 싶었어. 같이 하고 싶은 게 너무 많았어. 그에 비해 넌 시간이 너무 없었어. 나는 아직 사실 잘 몰라. 네가 바빴던 건지 아니면 내가 너의 생활 중 '일부분'이 아닌 '나머지'였던 건지. 날 붙잡지 않은 걸 보면 후자에 가깝지 않을까. 너와 닿을 방법이 이제 이것밖에 없다는 게 지나치게 한스럽다. 이마저도 너에게 전달될 가능성은 희박하지만. 아직도 내가 이기적이었던 것인지 아닌지 판단은 안 서지만 시간이 지나서 내 마음에서 온갖 잡생각들이 다 벗겨지고 알맹이만 남으니까 알겠어. 나 생각보다 널 많이 의지했다는 걸. 오늘 네 꿈을 꾸고 일어나서 앨범을 보며 나 혼자만의 집착이라는 걸 해 본다.

기 다 림 1

이 경 원

애월 어딘가를 걸어가다
나와 같은 아이를 찾았습니다

그 아이는 바다를 바라보고
그곳에 머무릅니다

한 폭의 그림 같은 곳에서
그 아이와 만났습니다

기 다 림　2

이 경 원

새들이 지저귑니다
아이의 친구인가 봅니다

나도 친구에게 인사해 봅니다
안녕

행 복 에 게

고 경 남

냉장고에 맛있는 맥주 몇 개 넣어두고
시끄러운 밤공기 보면서 이런저런 노래 들으면서
이불의 부드러움 느끼면서 마음껏 심심하고 싶다.
때로는 너를 초대해서
카페인이 부족한 햇빛에 낮잠을 자고 싶을 거야.
문득 아무 바람에 잠에서 깨면
같이 아이스크림 먹자, 달콤하게.

아주 멋진 타이밍에 나의 방문을 열고 들어와
네가 몹시 사무치고 있을 정적을 조각내 버려.
혹시 이미 여기 와 있다면
왜 기척도 내지 않았냐고 다그치지 않을게.
실은 나도 자꾸 손끝이 몽글몽글해지는 게
너에게 안겨 있는 것 같았지.

오늘 같은 날에는 옷을 뚫는 한기가 살갗을 에고

마음도 괜히 설 곳을 잃어
공연한 생각만 늘어가.
그러면 너는 때로 내 곁을 떠나겠지만
따뜻한 물기 머금고 있는 너의 잔상을 품으며
너를 기다리는 대신 내가 갈게, 그땐.
곧 갈게, 너에게.

기 다 림 3

이 경 원

철썩이는 파도와 아파하는 돌멩이가 있습니다
그곳에 내가 있습니다

언제 오는지 몰라서
어디서 올지 몰라서
한 곳만 바라보고
오늘도 난 그대를 기다립니다

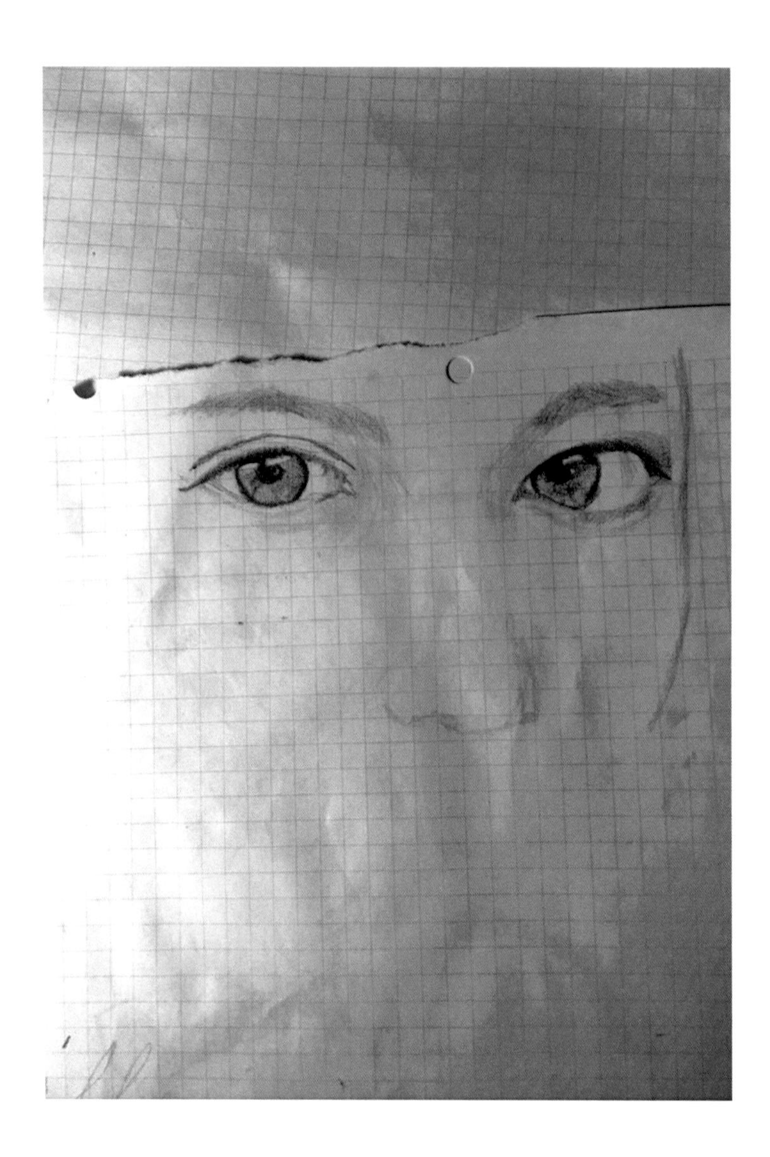

눈 동 자

이 경 원

한 걸음 걸어가면
그곳엔 발자국이 생기고
세상이 이동하지

너에게 걸어가면
그곳엔 망설임이 생기고
나만의 세상이 멈춰

그 순간을 나의 심장에 새겨 놓았어
처음 보는 색채에 놀라웠지

우주를 담은 그 눈동자가
얼어붙은 빙하기처럼
시간을 초월하는 공간을 만들어
나를 욱여넣어

밝은 빛과 함께 찾아온 숫자는 무의미한 이상
나의 세상과 모든 만물을 멈추게 한다

어둠과 빛뿐인 소리 없는 공간을 그리워하며
일시정지의 의미를
사랑의 의미를
나의 귓가에 속삭인다

그 모습이
그 순간이
그때의 순간이
나만의 첫사랑이었다

간직하고자 내 손으로 담아 보아도
담을 수 없음에 슬픔으로 시를 끼적여 본다

영롱함을 가졌지만 볼 수 없는 너는
가장 불행하다

수고했어요.
내일이 달라진다는 말을 내가 감히 해 줄 수는 없지만
오늘 당신이 내게 온 이상
당신이 쉴 수 있는 공간이 되어 주고 싶어요.
당신에게 편안한 집이 되어 주고 싶어요.
내 앞에서만큼은 모든 걸 내려놓고 편안하게
고된 하루가 끝나고
욕조에 따뜻한 물을 채우고 입욕제를 풀어 피로를 날려 보내듯
온몸을 이완하세요.
너의 행복이 나의 행복이니까요.

우리

인생의 전부라는 듯이 사랑하자.
후회라는 헤어짐을 위해 너를 사랑한다.
나는 이 길에 끝이 있음을 안다.
그러나 사랑할 것이다.
후회하지 않겠다는 미명하에.
네가 부족하면 부족한 대로
넘치면 넘치는 대로
사랑할 것이다.
그리고 나를 떠나겠다할 때 준비가 된 듯
너를 안심시키며
웃음으로 보내줄 것이다.
후회 없이 사랑했기 때문이다.
오늘도 과분한 사랑을 하러 집을 나선다.

행복이라는 대단한 감정을 감히 글로 쓸 수 있을까.
언어로 그 표현이 가능할까.
누구나에게 다르게 발단이 되고 그 행복이라는 기억조차 다르게 기억되는데 말이다.
그 행복을 글로 써 보자 하니 겁이 났었다.
하지만 내 글로 인해 독자들의 행복의 범위가 넓어진다면 얼마나 아름다운 일일까 하는 생각이 들었다.
행복이라는 감정을 모두 다르게 느끼고 있지만,
한 가지 확실한 건 그 다른 감정들이 나를, 우리를, 세상을 더 풍요롭게 만들어 주지 않을까 하는 거였다.
내가 웃으면 상대방이 웃고,
내가 사랑한다 말하면 그도 나를 사랑하겠지.
그리고 우리는 풍요로워지겠지. 우리 모두는.

그 냥 。

정 선 문

돈, 사람, 사랑, 가족
힘, 꿈, 희망, 좌절, 극복

누군가 아픈 걸 바라보는 것은
다시 생각하게 만드는
어둠 같은 것。

길을 걷다 걷다 뛰어 쉬지 않고 뛰어
세상은 그대로。
나 혼자 급하게 놀고, 먹고, 자고
급하게 살아가네。

뭣이 중헌지
뭣이 중헌데。

그냥。

그냥。 낮잠 실컷 자고
입 안 가득 젤리 넣어
씹어 삼키면 달콤한 맛이 나는 하루。

그냥。 목욕탕에 갔다. 엄마랑 언니랑…
때국수 한 그릇。
대大자로 누워 보드라운 살결
방바닥과 하나가 되네。

그냥。 추운 날엔 이불 속 장판과
또 다시 하나。
고구마 호- 호- 불어
귤로 목구녕을 적셔
아이 좋다。

그냥。 강아지 두 마리도 아주 그냥

양 옆구리에 찰싹。
일처다부제 대신 일처다犬제。
멍-멍-멍-!

그냥。 신어 버린 고무신
굳은살이 증명하네 전역을
내 볼을 마구 흔들어 주고는 아이 행복하다。

아이 좋다。
오순도순 모여 있는 우리 가족
안고 안아 또 안아도
지地랄 맞아도
그냥 좋다。

오물 오물 오물
입을 열어

뭣이 중해 급했는지 까-먹어 버렸다.

그냥 좋은 게 좋고

나는

그냥。

명품 거리

이경원

홍!
그게 그렇게 갖고 싶어?
나는 알 수가 없다

파아란 지붕

이경원

하늘을 보는 거 같아
하늘에 있는데 하늘을 보는 건 뭐지

약속을 한 듯
바다인 듯
하늘인 듯
모두 파아란 지붕이다

소소하지만 상쾌한 내 하루는 나의 행복.
매일 반복되지만 새로운 나의 행복.
또, 또 싸운다.
그런데 그 눈빛이 참 귀엽다.
나를 쏘아보는 눈빛이 참 레몬 같다.

그 입술로 말하는 나를 원망하는 그 대사마저 귀엽다.
오물오물 딸기를 먹는 아이만 같다.

너는 나에게 상처되는 화살을 하나하나 쏘지만
이상하다.
아프지 않다.

그리고 이내
꼬옥 안아준다.

미안하다고 하면
피식 웃는
이런 복잡하지만 단순한 우리 관계

세상에서 제일 재밌는 싸움이다.

철 기 둥

이 경 원

흉물스럽다 저게 뭐야
딱딱하고 단단한 철기둥이지

낭만은 딱딱한 거야

2017년 3월 19일

건복이와의 시간은 정말이지 다이내믹했다. 만나서 서로에게 호감을 가지게 된 건 한 순간이었지만, 서로의 감정을 확인하는 데에는 긴 시간이 걸렸다. 호감이 커져 갈수록 불확실함이 커지는 섬세한 단계였다. 나에게 갖는 감정이 확실하지 않아 뒷걸음질쳤다. 그 역시 나에게 갖는 감정이 커질수록 헷갈리고 혼자 실망에 잠기기도 했다고 한다. 이렇게 가슴앓이를 한 세월과는 다르게도 서로가 마음을 먹자 한순간에 서로의 감정을 확인할 수 있었다. 호감이 애정이 되었고, 지금은 애정이 그 이상으로 넘어간다는 것이 나를 가볍게 간질이기도, 또 무거운 책임감을 안겨 주기도 한다.

지금의 우리는 이제 서로에게 '내 여자'이고 '내 남자'이다. 광복된 후 시인 황순원의 감정도 그러했으리. 자랑스럽게 부른 '조선 하늘'과 '조선 비'에서 우리는 생각에 잠긴다. 한때 조선 하늘이지 못했던 그 하늘이 조선 하늘이 되고, 또한 한때 조선 비이지 못했던 그 빗줄기가 조선의 빗줄기가 되었다. 해방된 조선은 소박

했다. 해방된 조선은 정겨웠다. 소박한 뒷골방에서 기다리는 그 모습, 단 막걸리와 소주를 마시는 그 모습은 정겹다. 노랑태 한 마리의 소박한 안주 역시 우리가 바라던 그대로. 우리의 해방 전 과거는 눈물어렸고, 우리는 피튀기듯 열망했고 싸웠다. 그리고 이내 자랑스러운 내 나라를 살게 되었다. 내가 자랑스럽게 그대의 여자친구가 되었듯.

당신의 눈동자가 검으니, 나의 눈동자가 검다는 것을 자랑스럽게 여기는 1945년 8월. 건복이가 나를 여자친구로 소개하듯 또 나를 내 여자로 칭하고, 나 역시 그 이치를 따른다. 나는 너로 살아가고, 너 역시 나로 살아갈 것을 믿어 의심치 않는다. 우리는 서로로 살아갈 것이다. 어지러웠던 세월을 지나 이제 서로의 사람이니까. 의심과 불신에서 해방된 그날.

2017년 2월 22일.

유명한 여자

어디로 도망을 가든 나를 쳐다본다
여자인 거 같지만 남자인 거 같기도 하다
눈썹이 없는 제일 유명한 여자

그녀의 이름은 모나리자

뜬금없지만 늦게 일어나는 사람들을 위해 조언을 해볼까 한다. 내가 그들에게 알려주고 싶은 것은 상상훈련이다. 경건하게 다 씻고 침대자리에 누워 내일 내가 무엇을 해야 할지 구상을 한다. 무엇 때문에 몇 시에 일어나야 하는지를 생각해 보아야 한다. 내가 만약 8시에 일어나야 한다면 나에게 스스로 말한다.

"지우야, 너는 내일 8시에 일어나서 학교에 가야 해."

그리고 이게 가장 중요한 부분이다. 허공을 향해 강한 펀치를 날리며 "김지우, 8시에 일어날 거야"라고 말한다. 이게 일종의 자기 암시인 것이다.

그리고 알람을 8시에 맞추고 잔다. 속는 셈치고 한 번 하면 생각보다 많은 것을 얻게 된다. 나는 이렇게 자기 전에 내일을 상상하고 잠든다. 그리고 잠에서 깨면 신기하게도 나는 나의 상상대로 움직이고 있다. 8시에 일어나서 학교로 가고 그 하루는 내 상상처럼 상쾌하고 멋지게 돌아간다.

이 상상훈련은 생각보다 대단하다. 내가 설명한 상상훈련은 단순히 내일 일찍 일어나는 수단이 아니기 때문이다. 한 주를 시작하는 월요일, 한 달을 시작하는 매월 1일, 한 해를 시작하는 매년 1월 1일에도 내가 나의 미래를 상상하고, 곱씹으면 내가 나에게 홀린 것처럼 내 상상대로 내가 움직인다.

가끔은 돌발적인 상황이 올 수도 있고, 시련이 닥쳐올 수도 있다. 하지만 이 경우에도 상상한 내 방향대로 기둥을 바로잡고자 하는 내 마음속의 약속 덕에 나는 내가 바라는 방향대로 살 수 있다.

누군가가 내 행복의 원천이 무엇이냐 묻는다면 그것은 상상이라고 답할 것이다. 내가 바라는 대로 이끌어주는 상상이라는 나의 행복.

시간이 지난 후 거울 속에는 정말 다양한 내가 있었다. 그가 말하던 집착이라는 얼룩과 우울함, 외로움 그 정도의 내가 아니었다. 웃을 때 살짝 들어가는 왼쪽 볼의 보조개. 굳이 화장을 하지 않아도 둥글게 말려 있는 속눈썹. 새로웠다. 그에게 갇혀 있을 때 못나 보였던 내 모습이 자유라도 찾은 듯 내 모습은 제법 예뻤다. 그렇다면 나는 왜 나를 보지 못했을까. 나는 나였고, 거울 속의 나 역시 나를 담은 모습이었는데.

그가 없으면 쓸모없는 반쪽짜리라고 생각했다. 나를 위해서 놓지 않아야 한다고 생각했다. 그러나 지금 거울을 보는 이 순간 생각했다. 그가 보는 나에 갇혀 나를 보고 있었던 것은 아닐까.

그는 나에게 태양이라고만 생각했었다. 그의 빛에 의존해 반사 빛을 비추는 나는 하찮은 별이라고 생각했다. 그가 없으면 나 역시 어두운 공간 속의 하찮음이 되지 않을까 겁이 났다.

그런데 그가 떠난 이 자리에 있는 내가 반짝이는 나라는 걸 알게 됐다. 태양이 사라진 별인데도 오히려 반짝이고 있었다. 서서히 그 반짝임이 아름다워짐을 느꼈다. 혼자서도 빛나는 나를 보았다. 나는 그 누구의 반쪽도 아니었다. 나는 나였다.

시간이 지나고, 그의 흔적이 사라지고, 상처도 아물었다. 이제는 나라는 별의 가치를 만들어 가고 있다.

새로운 누군가를 만날 준비도 되었다. 나의 가치를 더 빛나게 해 줄 그런 사람을 만날 준비가 되었다.

Tirol

가 족

이 경 원

옹기종기 모여 앉아 식사를 하는 시간
우리가 모두 모여 있는 의미 있는 시간이지
맛있는 음식을 먹으며 이야기를 나누는 추억이 되고
그 추억이 지금이기에 감사하지

우리는 언젠간 잊히겠지만
추억은 절대 잊히지 않아
존재함에 아름다운 것이고
존재하기에 의미 있는 것이야

진부하지만
이것이 절대적인 행복의 필요조건이야
불변의 이치이고
그리고, 변치 않는 유일한 사랑이야

S N S

SNS가 한창일 때 한국여자들의 식문화에는 밥 먹기 전에 음식 사진을 찍는 것이 있다는 유머 게시글이 돌아다니곤 했다. 내가 무엇을 먹었고, 어디에 있는지를 SNS에 올리는 대부분의 한국 여자를 희화화한 게시글이었다. 그 게시물은 처음에 나를 부끄럽게 만들었다. 그리고 이내 피식 웃을 수밖에 없었다. 나 역시 SNS를 활발하게 하는 한 여자이기 때문이었다.

SNS가 폭발적인 인기를 끌다가 생활 속으로 스며든 후 SNS에 대한 평가가 참 많았다. SNS는 인생의 낭비라는 말부터 사회적이었던 인간을 혼자로 만든다는 말까지. 그리고 언젠가는 SNS를 하는 사람들이 결국에는 소통을 하고자 혼자 있는 것이라는 말까지 들은 적이 있다. 그런 SNS를 나는 '내 이미지를 나 스스로 마케팅할 수 있는 재미있는 내 또 다른 얼굴'이라고 말하고 싶다. 나는 흔히 말하는 '인스타충(SNS의 한 종류인 인스타그램을 자주 하는 사람을 벌레에 비유하는 지칭어)'이다. 내가 잘 나온 사진이면 올려서 사람들의 댓글을 보며 뿌듯해 한다. 예쁜 풍경이 있으면 시 한 구절과 함께 올린다.

밥집이 시각적으로 예쁘거나, 맛있으면 추천글을 올린다. 나는 이 모든 게 나를 구성하는 이미지라고 생각한다. 한마디로 '내가 이렇게 행복하게 산다'는 것을 말하는 것이다. 여기에는 나를 행복한 사람으로 봐 주었으면 하는 내 작은 소망도 담겨 있다. 이런 나를 꾸며 주는 SNS가 왜 인생의 낭비라고 표현이 되는 걸까. 오늘 역시 예쁜 무궁화가 광화문에 피어 있기에 사진을 찍었다. 그리고 '대한민국 파이팅'이라는 한 구절과 함께 인스타그램에 업로드를 했다. 그리고 내 친구들이 공감해 주는 '좋아요' 지수가 높아져서 뿌듯했다. 내 무궁화 사진을 보고 상쾌했을 사람들 생각에 뿌듯했다. 역시 '오늘 날씨가 좋아요~', '하늘이 높네요'와 같은 댓글 피드백이 있었다. 행복을 나누었다는 사실에 행복이 배가 되었다.

이렇게 SNS는 나의 삶을 풍요롭게 해 준다. 행복한 삶을 더 행복하게 해 주고 그 행복을 보관해 주는 타임캡슐과도 같다. 나는 '인스타충'이다. 그러나 한 가지 내가 느낀 점은 인스타충은 해충이 아닌 익충(이로운 일을 하는 벌레)이라는 것이다.

서울을 바라보며

이경원

오늘도 바삐 움직입니다
잠이 들 새 없이 빛이 납니다

바람소리를 이기기 위해
소리쳐 보아도 새의 목소리인 듯
변함은 없습니다

눈을 감고 귀 기울여 들어 보세요
바람의 목소리만 귓가에 스쳐 갑니다

백운유치원에서
우리가 만든 동요

산타 할아버지 하얀 수염 달고 오시네.
루돌프 사슴을 타고 오시네.
산타 할아버지 기쁜 얼굴, 양말에 선물 넣네.
기뻐하는 나의 동생들. 행복한 우리 집.
온 가족이 모두 모여 웃음꽃이 피어요.
루돌프도 타고,
스키도 타고,
나는 겨울이 좋아요.
우리들은 행복해요.
정말 기뻐요.
하늘엔 평화 땅에는 기쁨.
온가족이 기쁨이 넘치는 성탄절.

수능이 끝나고 친구와 밥을 먹는데 나보다 더 먼저 대학에 진학한 친구가 레스토랑에 나오는 노래가 참 좋다며 핸드폰을 꺼내 들었다. 그리고 버튼으로 핸드폰을 조작하더니 "아하, 이 노래 참 좋은데 제목이 '걷다'래"라고 말했다. 정말 번개를 맞은 듯한 충격이었다. 핸드폰이 노래를 듣고 인식해서 그 노래의 정보를 보여주는 기능이 내가 수능을 준비하는 사이에 나온 것이다. 어릴 적 핸드폰에 카메라나 리모컨 기능이 탑재되어 있으면 했는데, 그 바람이 이루어진 지 오래이며 내가 상상하지 못했던 기능까지 핸드폰에 탑재되었다는 사실에 놀라웠다. 언뜻 수능 공부를 하며 책에서 본 '과학기술이 발전하는 속도가 사람이 받아들일 수 있는 것 그 이상으로 가고 있다'는 구절이 생각났다. 이미 세상에는 어마어마한 기술들이 숨어있고 하나하나 조금씩 발표되고 있지 않을까 하는 생각을 하게 되었다. 그리고 나는 궁금해졌고 진지하게 바라게 되었다. '궁금하다. 다 보고 싶다. 오래 살고 싶다.'

전설

이경원

진짜를 보았던 사람이
있다면
그것은 전설이 아니다

하지만
나는 보았다
전설이 시작되었던 곳을

주 식

이경원

네 거가

내 거고
내 것이
네 거니까

어떻게 되는 거지

중 용

설탕을 많이 치면 너무 달다.
소금을 많이 치면 너무 짜다.
그런데 설탕을 적당히 치면 달짝지근,
소금을 적당히 치면 감초마냥 맛있다.
나 역시 그렇다.
너무 다혈질일 때 사람들은 나를 피했다.
그런데 마냥 착해지니 물러 터졌다고 답답해했다.
그래서 '적당함'을 유지하려고 노력했다.
부당함이 뚜렷할 때에만 화를 내기보다는
그에 대해 교양 있게 항의했고,
슬플 때도 나의 눈물을 다스리려고 노력했다.

'빨리빨리'가 미덕이라고 말하는
한국에서 '여유'는 미덕이 아니다.
오히려 이는 게으름으로 통용된다.
하지만 빠른 와중에 멈춰 나를 되돌아보고,
나를 둘러싼 너를 바라보며 느끼는 내 감정.
행복. 나는 행복이라는 단어가 여유라는 단어이진 않을까
생각해 본다.

光化門

광 화 문

이 경 원

텅 빈 거리에서
눈을 감고
느껴 보고 있어

이곳에서 일어난 모든 일을
산들거리는 바람과
바늘처럼 따가운 소리와 함께

정 상

이경원

저 높이
보이지 않는 정상에
오르고 싶어
최고가 되고 싶어

더러운 창문을 닦으며
먼지를 먹다 보면
정상에 오르겠지

희 망

이 경 원

저 멀리 보이는 빛이
내 길의 끝임을 당신은 아는가

저 빛이 있기에
나의 길이 존재한다는 것을 아는가

미안하다는 그 말
이제는 많이 아껴야 할 것 같아요.
그냥 사람 사이의 일은 한 명의 일이 아닌
두 사람의 상호작용이 곁들어진 일이잖아요.
내가 미안하다 하면 그건 나 혼자 잘못했다는 뜻이 아닌데.
그저 너를 많이 아껴서 먼저 손을 내미는 건데
근데 넌 항상 나 혼자 잘못한 마냥
이제는 미안하다는 말을 잘 못하겠어요.

그러면 이혼해

이건 분명 오지랖이다. 내 이야기가 아니다. 엄마에게 말한 조언 아닌 조언이다. 아빠와 이혼하라는 그 소리. 엄마는 아빠의 험담을 한다. 아빠가 전구를 안 갈아 줘서. 아빠가 설거지를 안 해서. 아빠가 늦게 들어와서. 그 외에도 크고 작은 험담들은 나를 별수 없게 만든다. 다행인 것은 아빠가 말하신다. 엄마가 아빠랑 헤어진다고 해서 행복할 것이라는 장담이 없다. '아빠는 엄마를 책임질 의무가 있다. 그 의무를 다할 것이다. 아빠의 아내이니까.' 나는 확신이 들어서 엄마에게 말한다. "그러면 이혼해." 하려면 해 봐.

제 주 도

이 경 원

고향이 아닌데
정겨움이 묻어나는 땅이 아닌가

자연의 아름다움을 담은 곳이
외로움과 쓸쓸함을 함께 느끼고 있다

달래 주고파
오랫동안 머무르련다

신비의 숲

이경원

고양이가 멋들어지게 누비고 다닌다
큰 놈은 잠을 자고
작은 놈은 나를 따라온다

잠을 자는 놈은 아직 일어나지 않는다
긴 잠을 자고 일어나면
새로운 숲이 태어난다

악 동 뮤 지 션

유행했던 오디션 프로그램에 참여한 남매 듀오 이야기이다.
신선한 가사와, 편안한 음색으로 우리에게 다가왔고
나만이 좋아하는 그룹이 아니게 되었다.
그리고 물론 오디션 프로그램에서는 수상을 하게 되었다.
그리고 실망을 주지 않았다.
상금을 전액 기부한다는 소식은 나를 참 웃음짓게 만들었다.
억대라는 금액을 한 번도 만져 본 적이 없는데
그 상금을 기부하겠다는 소식을 들은 것이다.
그들이 나오는 프로그램을 찾아보지는 않는다.
사실은 찾을 필요가 없다.
어디를 틀어도 나오기 때문이다.
그들은 무엇에도 구애받지 않는다.
익살스런 가사로 우리의 감성을 자극한다.
구애받지 않고 솔직함을 무기 삼은
그들의 이미지는 나를 반성하게까지 만든다.
그들에게서 나는 행복을 배운다.

왜 몰아치세요?
왜 자괴감에 빠지세요?
결국 두 사람의 싸움은 두 사람이 싸운 거예요.
그래. '묻지마 살인사건'이라면 그건 살인자의 잘못이 명백해요.
그런데 이건 피드백을 주고받은 두 사람의 다툼이잖아요.
왜 그런데 한 명은 잘못한 사람이 되고, 한 명은 사과를 받는
사람이 되는 건데요.
내가 이렇게 말했으니
네가 이렇게 답하고
그래서 내가 상처를 받아 저렇게 말하고
너 역시 상처를 받는 것이죠.
두 사람이 만든 일이에요.
상호작용으로 서로에게 아픈 곳을 찌른 거죠.
싸움에 강도 차이는 있어도 결국에 둘 다 잘못한 것이에요.
지금 가서 먼저 미안하다 해요.
네가 미안하다 하면

나도 미안해지고
그러면 될 일이에요. 별거 아니에요.

괜 찮 아   사 랑 이 야

성에 대한 트라우마를 가지고 있는 정신과 여의사와 정신분열을 앓고 있는 인기 많은 소설 작가.
그 둘의 룸메이트는 뚜렛 증후군을 가지고 있어 집에서 쫓겨난 소년, 이혼의 아픔을 가진 정신과 의사, 가정을 지키기 위해 건물 사장과 외도를 한 여의사의 엄마, 집나간 엄마를 증오하는 자퇴한 고등학생. 이 드라마가 말해 주고 있는 것이 무엇일까 생각하다 나만의 답을 찾게 되었다.
모든 사람은 아픔을 가지고 있고 그 아픔은 사랑으로 치유된다.
곧 누구나 가지고 있는 아픔은 그 경중을 따질 수 없이 개개인에게 상처를 남기지만 그 상처가 괜찮아지는 건 사랑 때문이다. 사랑이 아픔의 치료제라는 걸 말하는 것이 아닐까.
주인공인 여의사와 소설 작가는 사랑을 통해 트라우마와 정신질환을 이겨낸다. 그리고 나머지 등장 인물들 역시 자신의 아픔을 극복한다. 각각 다른 종류의 하지만 결국은 같은 사랑이라는 것을 통해서 말이다.

사랑은 행복의 다른 말이 아닐까 생각해 보게 된다.

그 사람의 일방적 사랑을 받고 있는 나는 죄인이 된 것만 같다. 사랑하지 않음에도 나는 이 사랑을 이어 가야 하는 것일까. 나는 이따금씩 연기를 해야 한다. 그 사람의 정성에 그 기대에 부응하기 위해서. 행복하지 않지만 미소를 지어야 하는 그 노력 나는 할 수 있다. 하지만 어느 순간 내가 상대에게 거짓말을 한다는 것을 느끼게 된다. 모순적인 내 모습이 역겹다. 그 사람의 정성을 위해 내가 할 수 있는 일은 사랑하는 척 그 뿐이다. 나는 사랑을 하고 있지 않다. 고로 그 사람은 반쪽자리 사랑을 혼자 끌어 나가고 있다. 이것이 헤어짐에 대한 내 정당한 사유이다. 분명 그대를 위해서이다.

LARA LAND

엄마, 나, 언니는 예정보다 유학을 일찍 마무리했고
우리 아빠는 기러기 신세를 일찍 마무리짓게 되었다.
그리고 우리가 처음 본 영화는
아빠가 영상미가 아름답다고 한 영화
'철도원'
그때는 왜 이렇게 지루한 영화를 보여줄까 하며 잠들었다.

공부라는 하나님의 큰 선물을 감사하던 우리 아빠는
학교를 세우시고 싶다고 하셨다.
그래서 학원 원장이신 우리 아버지가 존경스러웠다.
꼭 꿈을 이루신 것만 같아서.
근데, 그게 아니더라.
돈이 필요해 아빠는 교수직을 거절하셨다고 한다.

언니가 기타를 배우겠다고 했을 때
엄마는 아빠도 기타를 치실 수 있다고 하셨다.

그리고 3주가 지났을까?
통기타를 가져와서 기본적인 코드를 잡으며
기본적인 연주를 하셨다.
삼 주쯤 연습해 보신 듯한 '듬뿍 새'를 연주하셨다.

라라랜드를 보며
연주와 나는 결말에 대해 의견이 달랐다.
둘 다 행복한 삶을 살게 된 거라던 나와
남자는 첫사랑인 그녀를 위해 희생하기만 한 반면
여자는 남자를 잊고 행복하게 살게 된 거라던 연주.

그리고 내가 틀렸다는 걸 알게 되었다.

아버지는 나의 행복을 위해 꿈을 포기하셨고
나를 위해 희생하셨다.
그리고 나의 행복을 보며 웃음 지으셨다.

라라랜드에 살게 해 준 나의 첫사랑은
아버지이다.

돌려받을 것을 염두에 두고 준다는 것은 과연 주는 것일까.
돌려받지 못했을 때 준 것을 아까워해야 하는가.

당신은 준다는 것이 무엇이라고 생각하나요.
내 것을 줄 때
돌려받아야 한다는 생각을 하고 있지는 않나요?
혹은
나만 주는 것 같아 서운한 마음을 도리어 갖게 되지는 않나요.
당신의 일부분을 주는 것이
당신의 일부분이 사라지는 것이라고 생각하지 말아요.
당신의 사랑을 또 배려를 상대방에게 줌으로써
상대방에게 따뜻함은 배가 되고
둘의 사이는 또 신뢰는 두터워질 거예요.
더 많이 주고,

더 많이 사랑하는 것은
언제까지나 더 아름다운 거예요.

어렸을 때만 해도 새로운 사람을 만나 알아 가고
내 자취를 넓혀가는 게 좋았는데….
그 어린 시절에는 내 사람을 자랑하는 게 좋았는데….
싸이월드에 내 친구라고, 또 이곳은 예쁜 카페라고 올리는
그런 일들이 좋았는데….
이젠 저번에 만난 내 사람을 만나는 것에 나는 만족한다.
애써 연락하지 않아도 어느 순간 만나게 되는 그 편안함.
'오랜만이야, 잘 지냈니?'보다는
'이 계집애 주름살 좀 봐!'
온전한 나를 받아주는 내 사람들이 숙성된 묵은지와
같이 좋다.
내가 어떤 상황이라도,
위에 있어도,
아래에 있어도,
내 모습 그대로를 지지해 줄, 응원해 줄 내 사람들.
그런 사람들 속에서 계속 살아가고 싶다.

고마워요. 감사해요.
호의를 베풀며 먼저 고맙다는 말을 해 봐요.
나에 대한 호의는 당연한 게 아니에요.
나를 좋게 생각해 주니 얼마나 감사한가요.

이 말은 그들에 대한 배려이고
그들을 행복하게 만들어 줘요.

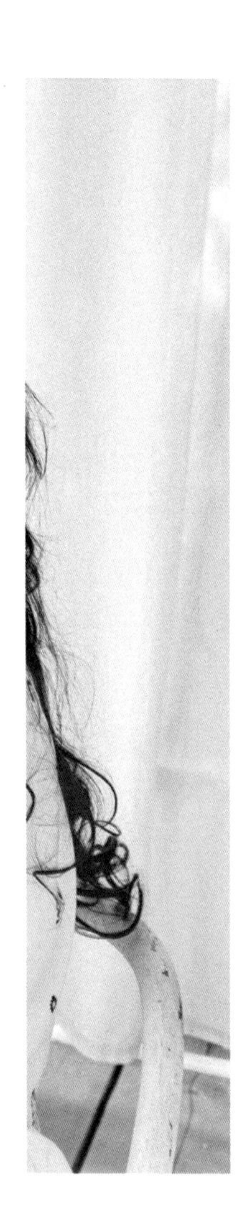

Photo by 김태오

그게 내 행복의 원천이고 행복인 듯싶다.
후련했어. 한동안 미친 듯이 나를 괴롭히던 간지러움이 왜 그렇게 시원하게 사라진 느낌이 들었을까. 너무 즐거웠어. 주변 사람들이 말하더라. 얼굴이 폈대. 진현이 만나고, 윤빈이 만나고, 서현이 만나고, 이제는 심지어 남자인 승건이도 만나도 돼. 어찌나 설레던지. 그렇게 딱 14일. 내가 바라던 생활인데 이 기쁨을 나눠 함께해 줄 네가 없더라. 네가 없어서 찾아온 즐거움인데, 좋은 감정이 생기면 익숙하게 너에게 연락을 했던 추억이 생각났어. 이게 익숙함일까. 연락을 할 수 없으니 너와 듣던 노래를 들어. 또 너와 걷던 거리를 걸어. 너와 함께 본 영화를 봐. 그리고 그리워해. 함께하던 그 시간을. 함께했던 그 시간들이 이제는 혼자 가야 하는 길이라는 걸 난 이제야 느끼고 내 행동들을 되짚어봐. 후회라는 그 행동을 이제 받아들여야 할 것 같아. 난 너를 아프게 했고 그 책임을 지고자 해. 나는 이제 외로울게. 혼자서.

이 랑 이 에 게

매주 나는 동창회를 해. 너라는, 이랑이라는 친구와. 일타이피. 이랑이를 만나면 중학교 동창회인 동시에 고등학교 동창회까지. 그래. 우리는 햇수로 따지면 벌써 11년 친구. 서로의 인생 반 가까이를 지켜보았지. 서로의 표정만 보아도 무슨 말을 하는지 아는, 서로가 가끔은 무섭다고도 말하는 우리는 친구라는 단어가 부족할 정도, 그 이상. 오늘도 우리는 카페에서 동창회를 하겠다고 남들이 들으면 너무 시시콜콜해 졸 만한 그 이야기 소재로 낄낄대고 있어. 남들은 시답잖다는 듯이 그 이야기가 왜 재미있냐고, 뭐가 재미있냐고 하겠지만. 우리는 사실 이야기를 나누는 게 아니잖아. 11년이라는 추억을 나누는 것이야. 또 새로운 추억을 집짓고 있는 중이지.

운명적인 걸림돌

살아가면서 우리는 참 많은 꽃을 만난다. 우리가 꽃에 홀린 것일까 혹은 꽃이 우리를 홀린 것일까. 잘 모르지만 그때 우리의 행동은 이 세 가지다. 꽃을 지나치기도 하고, 꽃에 잠시 머물기도 하고, 꽃에 홀려 행선지를 바꾸기도 한다.

먼저 첫 번째 경우에 우리는 굳은 뚝심으로 목표하던 바를 향해 달려간다. 고로 꽃을 지나친다. 순간의 달콤함이 가진 위험함을 알기라도 하는 듯. 두 번째 경우, 우리는 잠시 꽃에 머물기도 한다. 훗날 후회하지 않기 위해 꽃에 머물지만, 또한 훗날 후회하지 않기 위해 머무름의 시간을 '잠시'로 한정짓는다. 그 달콤함을 평생 취하진 못해도, 잠깐의 즐거움을 위해 과정에 잠깐 쉼을 주는 것이다. 세 번째 경우, 우리는 꽃에 흥건히 취해 내가 가야 했던 길을 잊고 행선지를 바꾸기도 한다. 그 행선지는 갑자기 지금 머무는 이 꽃밭이 될 수도 있고 또 그 어딘가가 되기도 한다. 그 어딘가가 내 처음 행선지가 아님을, 내 목표가 아니었음을 아는지 모르는지.

우리의 길 어딘가에 존재하는 무수한 꽃들은 분명 치명적이다. 이 치명적인 꽃이 과연 우리의 여정 속 단 한군데에만 있을까. 유혹을 이겨내고 지나쳐 걸어가다 보면 더 큰 유혹이 있고, 그 뒤에는 더 크나큰 향기의 꽃이 있을 것이다. 나는 꽃에게 수염 붙잡혀 한 자리에서 끊임없이 날개만 하늑일 것인가. 또 너는 꽃에게 수염 붙잡혀 한 자리에서 끊임없이 날개만 하늑일 것인가.

자존심 때문에 표현 못했던 말이 있다면
이제부터 저와 함께 주문을 외워 봐요.
내 사람들에게 말하는 거죠.

고마워요. 함께 있어 줘서 고마워요.
나에게 또 나의 사람들에게.

Photo by 김태오